LES ORIGINES DE SPIDER-MAN

Peter Parker n'a pas beaucoup d'amis.

Les autres jeunes le trouvent différent.
Ils se moquent de lui.
Ils aiment le sport et la musique.
Peter préfère la lecture.

Peter aime tous ses cours à l'école.
Mais ce qu'il préfère, c'est la science.

Il n'y a qu'une chose que Peter aime plus que la science : sa famille. Il vit avec sa Tante May et son Oncle Ben. À la maison, Peter ne pourrait être plus heureux.

Tante May et Oncle Ben adorent
Peter. Ils lui ont acheté un nouveau
microscope. Oncle Ben lui dit que
la science est le pouvoir, et qu'avec
le pouvoir viennent de grandes
responsabilités.

Un jour, Peter assiste à une expérience
dans un laboratoire.
On y explique le fonctionnement
des rayons nucléaires.

Les rayons s'allument. Une araignée glisse entre deux rayons.

L'araignée est frappée par
les radiations.

Peter ne se rend pas compte que l'araignée dégringole. Et en plus, elle tombe sur lui !

L'araignée est radioactive.
Elle mord la main de Peter.

Peter met ses mains autour
de sa tête. Il ne se sent pas bien.

Peter quitte le laboratoire. Il se sent si mal qu'il manque se faire frapper par une voiture.

Il saute pour éviter la voiture.

Il a sauté plus haut qu'il ne s'en croyait capable. Il atterrit sur un mur et y reste accroché !

Il escalade le mur. Il agit comme l'araignée qui l'a mordu !

Il saute de toit en toit. Il possède
des pouvoirs semblables à ceux
d'une araignée.
La morsure de l'araignée a dû lui
donner ces pouvoirs !

Peter est impressionné par
ses nouveaux pouvoirs.

Peter aperçoit l'affiche d'un lutteur.
Il va tester ses pouvoirs sur lui.

Peter met un masque. Il défie le lutteur.

Il envoie le lutteur à l'autre
bout du ring.

Il remporte le combat !

Peter est heureux. Mais il en faut
plus pour devenir un vrai
homme-araignée. Il rentre chez lui
et fabrique une substance gluante.

Puis, il crée un appareil pour lancer sa substance. Il l'appelle le lance-toiles.

Peter se fabrique un costume.
Il décide de s'appeler Spider-Man !

Les gens aiment Spider-Man !
Ils aiment aussi ses pouvoirs.
Il devient vite célèbre.

Une nuit, Peter assiste à un
cambriolage. Un policier court après
le voleur. Mais Peter ne fait rien.
Il en a assez de se faire dire quoi faire.
Alors il laisse le voleur s'échapper.

Peter rentre chez lui. Il y a des policiers
à l'extérieur. Il sait que quelque chose
ne va pas.
Les policiers informent Peter qu'il
y a eu un crime chez lui. La victime
est Oncle Ben.

Peter met son costume de Spider-Man.

Il part à la recherche du criminel.

Lorsqu'il le trouve, Peter découvre quelque chose d'horrible. Il s'agit du voleur qu'il a laissé s'échapper plus tôt.

Peter est si triste qu'il se met à pleurer.
Il se souvient qu'Oncle Ben lui a dit
que le pouvoir venait avec de grandes
responsabilités.

Il doit lutter contre le crime. Et c'est
en tant que Spider-Man qu'il le fera.
Il se balance dans la ville.
Un héros est né.